Dere i ymuno â
Clem a Syr Boblihosan ar
eu holl anturiaethau
anhygoel!

AF806863

RILY

I Nain Beti
â llond ei bag llaw o fisgedi cŵn.

Cyhoeddwyd gan Rily Publications Ltd, Blwch Post 257, Caerffili CF83 9FL

Addasiad Cymraeg gan Luned Whelan

Cyhoeddwyd fel llyfr clawr meddal gyntaf
o dan y teitl *Claude at the Circus* yn 2012

Mae cofnod catalog CIP ar gyfer y llyfr hwn yn y Llyfrell Brydeinig.

Dylunio gan Alison Still

Argraffwyd a rhwymwyd ym Mhrydain gan Clays Ltd, St Ives plc.

Mae'r cyhoeddwr yn cydnabod cefnogaeth ariannol Cyngor Llyfrau Cymru.

Mae'r papur a'r cardfwrdd a ddefnyddir yn y llyfr clawr meddal hwn yn ddeunyddiau ailgylchadwy naturiol wedi eu gwneud o bren o fforestydd cynaliadwy. Mae'r prosesau cynhyrchu yn cydymffurfio â rheoliadau amgylcheddol y wlad wreiddiol.

ISBN 978-1-84967-018-0

RILY

www.rily.co.uk

CLEM
a'r Syrcas

ALEX T. SMITH

Addasiad Luned Whelan

Yn rhif 112, mewn stryd o'r enw
Clos Cynffon, mae ci yn byw.

Ci bach.
Ci bach, crwn.
Ci bach, crwn sy'n gwisgo beret
a siwmper reit ddeniadol.

Clem yw ei enw, a dyma fe.

Ffrind gorau Clem yw
Syr Boblihosan. Hosan yw e,
ac mae'n eithaf bobli.

Mae Clem a Syr Boblihosan yn
rhannu'r tŷ mawr gyda Mr a
Mrs Sgidiesgleiniog.

Fel arfer, mae Mr a
Mrs Sgidiesgleiniog yn
codi'n fore, yn gwisgo'u dillad
gorau ac yn ei heglu hi i'r gwaith.
Ond weithiau – ar ddydd Sadwrn
heulog, braf, gan amlaf – mae Mr
a Mrs Sgidiesgleiniog yn gwisgo'u
dillad hamdden ac yn gwneud picnic.

‘Beth am fynd ar wibdaith?’ gofynnai Mr Sgidiesgleiniog. ‘Syniad da!’ meddai Mrs Sgidiesgleiniog. ‘Awn ni â Clem gyda ni?’

‘Na,’ sibrydai Mr Sgidiesgleiniog. ‘Beth am adael llonydd iddo gysgu? Mae’n blino’n sydyn, cofia. Fyddwn ni ddim yn hir.’

Felly, byddai Mr a Mrs Sgidiesgleiniog yn sleifio allan o'r tŷ, neidio yn y car a'i throi hi am gefn gwlad am y dydd.

Ond fyddai Clem ddim yn cysgu go iawn. Byddai'n gwrando â'i glustiau fflwfflyd ac yn sbecian â'i lygaid botwm.

Wrth i'r drws ffrynt gau, neidiai Clem o'i wely, gwisgo'i feret a phenderfynu pa fath o antur roedd am ei chael.

Un bore Sadwrn braf, a Mr a Mrs Sgidiesgleiniog wedi gadael y tŷ, gwisgodd Clem ei feret a meddwl beth hoffai ei wneud.

Bu’n brysur iawn y diwrnod cynt yn glanhau ei wely’n drwyadl, felly roedd yn teimlo ei fod yn haeddu trît.

Roedd wedi ysgwyd y glustog a'r blancedi a thacluso'i guddfan gyfrinachol.

Taflodd sawl pecyn o fisgedi wedi hanner eu cnoi, ac olion brechdan asgwrn a oedd wedi gweld dyddiau gwell.

Bu Syr Boblihosan yn eistedd mewn cadair esmwyth gysurus yn dweud wrth Clem beth i'w wneud. Byddai wedi bod yn hapus i'w helpu, ond doedd e ddim eisiau mynd dan draed.

'Dwi'n credu af i i'r parc heddiw,' meddai Clem.

Felly bant ag e.

Aeth Syr Boblihosan gydag e, er ei fod yn poeni y byddai'n cael pwl o glefyd y gwair oherwydd yr holl flodau, ac yn dechrau tisian dros y lle.

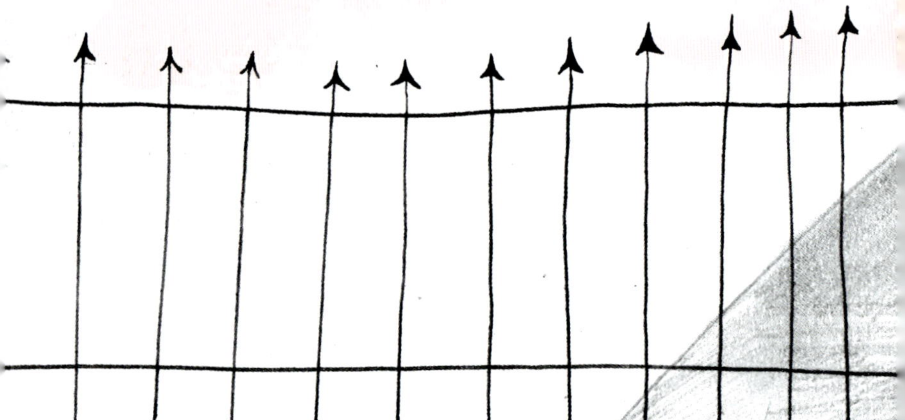

PARC BRAF
ARFON
ANHYGOEL
SYRCAS
ANHYGOEL
YMA
HEDDIW!

Doedd Clem ddim erioed wedi
bod i'r parc o'r blaen.

Cafodd syndod o sylweddoli ei
fod yn debyg iawn i ardd anferth.
Roedd glaswellt ym mhob man,
a nifer o goed hefyd.

Ac am ei bod yn ddiwrnod mor braf, roedd y lle'n llawn dop o bobl yn mwynhau eu hunain.

TWLL
PITW
BAS
SYRCAS
ANHYGOEL
ARFON
ANHYGOEL
PABELL FAWR!
TWLL
MAWR DWFN
FAN
HUFEN
IÂ DA
CWRS GOLFF
Dyma Clem!

COEDWIG Y BWGAN
CAE BACH
ARDAL CHWARAE
LLYN HWYLIO
WELYAU
LODAU
PAGODA JAPANEAIDD
CREIGARDD
CAFFI
LLYN YR HWYAID

Roedd Clem yn falch o weld fan hufen iâ yn y parc. Grwgnachodd ei stumog. Er nad oedd hi'n un ar ddeg o'r gloch eto, penderfynodd Clem y dylai gael byrbryd.

Ond wrth i Clem a Syr Boblihosan gamu ar y llwybr, fe redodd criw o bobl mewn dillad rhyfedd iawn yr olwg heibio iddyn nhw.

Ni welodd Clem ddim byd tebyg iddynt erioed o'r blaen.

Roedd rhai pobl yn rhedeg â babis mewn bygis, hyd yn oed!

Cyn iddo fedru gofyn yn gwrtais beth roedden nhw'n ei wneud, cafodd ei hunan yn sownd yn eu canol.

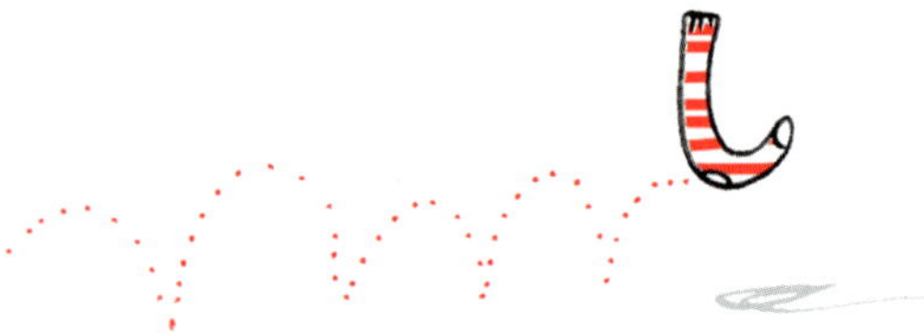

Ymhen dim o dro, roedd e a Syr Boblihosan yn loncian gyda'r criw. Roedd Syr Boblihosan yn hercian fel peth gwyllt er mwyn aros gyda nhw.

Rhedodd pawb rownd a rownd
y parc heb seibio unwaith.
Roedd Clem yn mwynhau
ei hun, ond doedd e ddim yn
deall pam roedd pawb yn rhedeg.

A oedd llew wedi dianc o'r sw?

A oedd y bobl hyn i gyd yn ffoi rhag
yr heddlu?

Efallai fod pawb wedi sylweddoli nad oeddent yn gwisgo dillad addas, ac yn rhedeg adref i newid.

Doedd gan Clem ddim clem.

Ond mi oedd e'n gwybod bod ei stumog yn dal i rwgnach, a doedd e ddim yn gallu gweld y fan hufen iâ erbyn hyn. Doedd dim amdani ond dianc rhag y rhedwyr gwallgof.

Cododd Syr Boblihosan i'w gesail yn chwim, ac roedd ar fin neidio allan o blith y dorf, pan gydiodd ei bawen yng nghareiau rhydd un o'r loncwyr.

Aeth pawb bendramwnwgl. Hyrddiwyd Clem a Syr Boblihosan drwy'r awyr nes iddynt syrthio'n sbonc ar y glaswellt a rholio drosodd a throsodd nes …

… glanio'n dwt mewn gwely blodau!

Roedd yn gysurus iawn yno, ac
roedd arogl hyfryd ar y blodau.

Edrychodd Clem o'i gwmpas a phenderfynu bod hwn yn llecyn delfrydol i gysgu am ychydig. Roedd e a Syr Boblihosan wedi blino'n lân ar ôl rhedeg gyhyd.

Heb feddwl eilwaith am yr hufen iâ, swatiodd Clem a chau ei lygaid. Gwisgodd Syr Boblihosan ei fwgwd llygaid rhag goleuni'r haul, ac anadlu'n ddwfn er mwyn ymlacio.

Ond fuon nhw ddim yn cysgu'n hir.

'Ahem! Ahem!' pesychodd dyn mewn gwisg smart a chap pig. Ceidwad y parc oedd e, a doedd e ddim i'w weld yn hapus.

Deffrôdd Clem a Syr Boblihosan.

Roedd Syr Boblihosan yn flin.
Hoffai gael cyntun am
bedwar deg chwe munud
union, a phrin roedd e
wedi cael pum munud.

Ni ddywedodd ceidwad y parc yr un gair. Pwyntiodd at arwydd nad oedd Clem wedi sylwi arno wrth iddo hedfan drwy'r awyr.

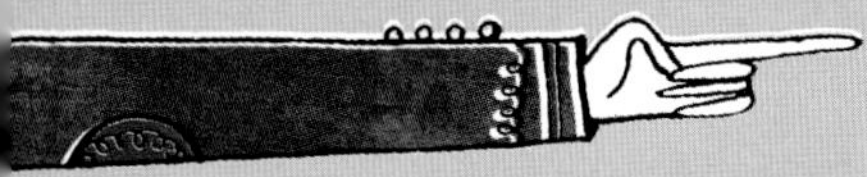

HYSBYSIAD EITHAF HAERLLUG
DIM CYSGU
YN Y GWELYAU
BLODAU
DIOLCH

Ochneidiodd Clem a chodi ar ei draed. Twtiodd ei siwmper hyfryd, sythu ei feret a dilyn y llwybr, a Syr Boblihosan yn hercian ar ei ôl. Byddai'n rhaid cysgu'n nes ymlaen. Roedd hi'n amser hufen iâ!

Gwelodd Clem y fan
hufen iâ yn y pellter.
'Dere mlaen!' meddai wrth
Syr Boblihosan, a brasgamu
tuag at y fan.

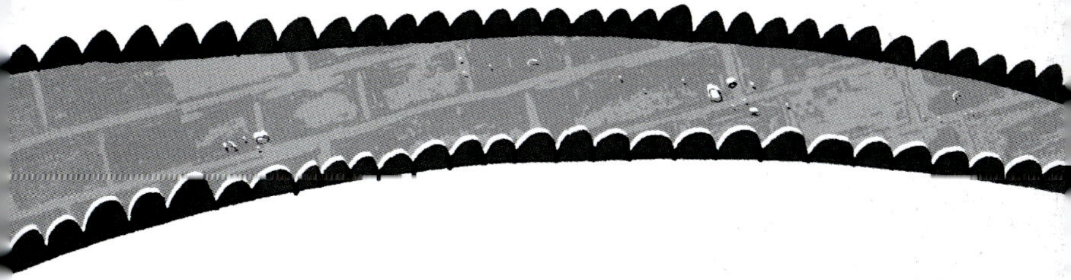

Roedd golwg ryfedd iawn ar y cae roedden nhw'n ei groesi. Roedd tyllau dros y lle i gyd, ac roedd rhywun wedi gwasgaru peli dros bob man.

Llenwodd Clem y tyllau'n gyflym a rhoi'r peli i gadw o dan ei feret.

Doedd y bobl anghwrtais ar y cae ddim yn gwerthfawrogi hyn, felly heglodd Clem a Syr Boblihosan draw at y fan hufen iâ'n go glou.

18

Pan gyrhaeddon nhw, prynodd Clem hufen iâ meddal â saws mafon a ffon siocled. Roedd Syr Boblihosan yn ysu am baned o de, ond cafodd lolipop stecslyd, streipiog yn ei lle.

HUFEN JÂ DA

Ar ôl iddyn nhw orffen bwyta, rhoddodd Clem bapur lolipop Syr Boblihosan yn y bin.

Mi daflodd ddarn arall o sbwriel roedd wedi'i weld ar fainc hefyd, er mwyn bod yn gymwynasgar, ac i osgoi cael stŵr arall gan geidwad y parc.

Roedd y ddau ffrind yn ystyried beth i'w wneud nesaf pan sgrialodd rhywun heibio iddyn nhw ar sgwter. Ac yna, tasgodd sgwter arall ar ei ôl.

Roedd yn edrych yn hwyl, a gwyliodd Clem a Syr Boblihosan wrth i'r ddau blentyn wibio yma a thraw, yn gwneud triciau a champau mentrus.

'Hoffet ti roi cynnig arni?' gofynnodd y ferch fach.

Nodiodd Clem yn gwrtais, a dringo ar y sgwter. Roedd ychydig yn sigledig i ddechrau, ond cyn hir, roedd e'n gwibio o gwmpas yn rêl boi!

Doedd Syr Boblihosan ddim mor frwd. Llawer gwell ganddo fe gael hoe fach a bisgïen.

Roedd Clem ar fin rhoi'r sgwter yn ôl i'r ferch fach pan glywodd sŵn y tu ôl iddo. Roedd rhywun yn gweiddi …

'HE

LP!’

Ac aeth babi heibio iddynt ar wib!
Roedd un o'r mamau a fu'n rhedeg gynnau fach wedi gollwng gafael yn ei bygi!

Edrychai'r babi'n ddigon hapus, ond roedd y bygi'n tasgu i gyfeiriad llyn yr hwyaid.

'O na!' gwaeddodd y ferch fach. 'Achub hi!'

Cydiodd Clem yn Syr Boblihosan a bant â nhw.

Gyda Syr Boblihosan wrth y llyw,
a Clem yn sgathru ar hyd y llwybr
nerth ei draed, ymhen llai na
munud, roeddent wedi
cyrraedd y babi crwydrol.

Estynnodd Clem am y babi a gafael ynddi, eiliadau yn unig cyn iddi ddisgyn i'r dŵr.

‘Hwrê!’ bloeddiodd pawb.
‘Hwrê, Clem a Syr Boblihosan!’

Dim ond y babi oedd ddim yn hapus. Roedd hi wedi mwynhau’r wibdaith yn fawr.

Tynnodd Clem y peli bach roedd e wedi’u casglu’n gynt, a jyglo gyda nhw. Mi berfformiodd Syr Boblihosan jig fach fywiog.

Chwarddodd pawb, a chymeradwyo eto, ond roedd Clem wedi dechrau teimlo ychydig yn swil, felly aeth e a Syr Boblihosan i ddod o hyd i'r caffi a chael tamaid o ginio.

Roedden nhw'n bwyta yn yr heulwen yn hapus, pan ddaeth dyn rhyfedd iawn yr olwg i eistedd ar y bwrdd nesaf.

Ceisiodd Clem ei orau i beidio â syllu, ond doedd gan Syr Boblihosan mo'r help. Trodd yn ei gadair a rhythu ar y dyn dros ei gi poeth. Ac wrth gwrs, mi sylwodd y dyn ar y bwrdd nesaf ar hyn.

'Helô,' meddai, ac estyn ei law. 'Fi yw Arfon Anhygoel, o Syrcas Anhygoel Arfon. Ga i gynnig dau docyn i chi a'ch ffrind i'r sioe prynhawn 'ma? Mae'r seddi yn y rhes flaen, ac yn rhad ac am ddim!'

SYRCAS
ANHYGOEL
ARFON

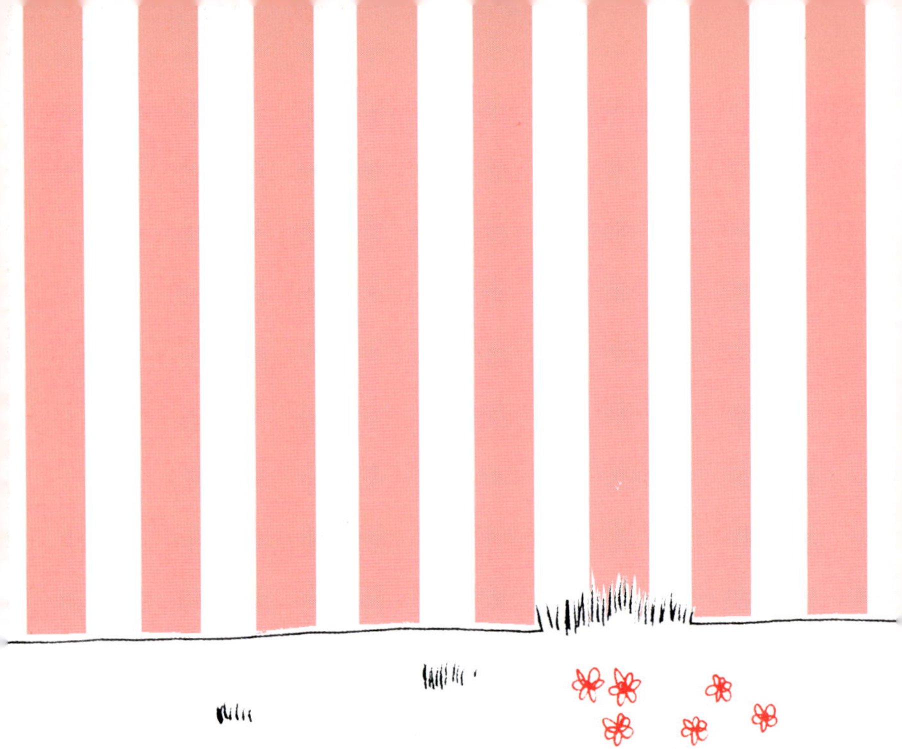

Roedd Clem wrth ei fodd, achos doedd e ddim erioed wedi bod i'r syrcas o'r blaen. Mi benderfynodd e a Syr Boblihosan fynd draw i'r babell fawr yn gynnar, er mwyn busnesa.

I mewn â nhw o dan y cynfas streipiog.

Roedd y perfformwyr i gyd yn eu carafannau'n paratoi ar gyfer y sioc, felly roedd y babell yn wag.

Fedrai Clem ddim peidio â sylwi bod y babell, er mor ddiddorol oedd hi, yn eithaf anniben a braidd yn fudr fan hyn a fan draw.

Doedd dim amdani – byddai'n rhaid iddo lanhau'r babell yn drwyadl.

Estynnodd Clem ysgub blu o'i feret a dwstio'r cylch. Yna, ysgubodd y blawd llif i gyd yn bentwr mawr yn ei ganol. Dringodd ysgol dal a rhoi sglein ar y trapîs, wedyn rhwbio clwt llaith dros y weiren uchel.

Y tu ôl i un o'r llenni, daeth o hyd i blatiau'n llawn cwstard hufennog. Doedd Clem ddim yn hoffi arogl y cwstard, felly taflodd e'r cyfan a golchi'r platiau. Cyn hir, roeddent mewn pentwr taclus, yn sglein i gyd.

Erbyn hyn, roedd y gynulleidfa wedi dechrau cyrraedd, felly aeth Clem a Syr Boblihosan i'w seddi. Chwifiodd Arfon Anhygoel atyn nhw, ond gorfod iddo eu gadael ar frys er mwyn helpu'r clowns wisgo'u trwynau coch.

CEFN LLWYFAN
CACS CWSTARD

Gwyliodd Clem a Syr Boblihosan yn gegrwth wrth i'r acrobatiaid a'r mabolgampwyr a'r dawnswyr a'r clowns dyrru i mewn i'r cylch. Roedd eu gwisgoedd yn syfrdanol. Roedd Syr Boblihosan yn edmygus iawn, gan ei fod yn hoffi secwins a phlu ac ati yn fawr. Craciodd Arfon Anhygoel ei chwip, ac fe ddechreuodd y sioe.

Ond roedd yr holl beth yn fethiant llwyr!

Doedd y clowns ddim yn ddoniol o gwbl. Doedd dim cwstard ar eu platiau, ac roeddent yn brifo trwynau ei gilydd wrth eu taro â'r platiau glân, caled.

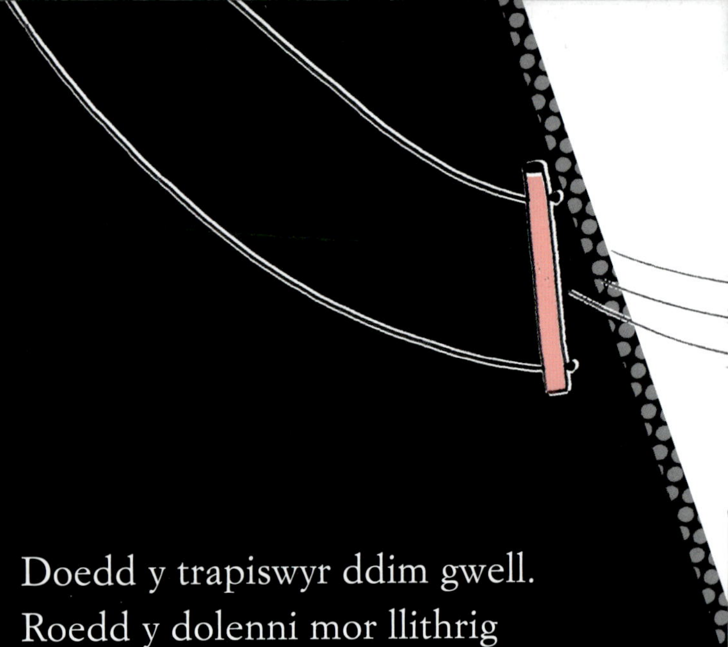

Doedd y trapiswyr ddim gwell. Roedd y dolenni mor llithrig nes na allen nhw afael ynddynt yn iawn, ac roeddent yn glanio â bwmp yn y blawd llif, a chleisio'u penolau.

Mi ddechreuodd y gynulleidfa
sylweddoli bod rhywbeth o'i le.

Llithrodd acrobat oddi ar y wifren
laith a phendilio gerfydd ei nicyrs
nes i'r lastig dorri. Yna, syrthiodd
ar y trampolîn, bownsio drwy
do'r babell fawr a glanio
yn llyn yr hwyaid.

Dechreuodd y dorf aflonyddu, ac roedd cywilydd mawr ar Arfon Anhygoel.

'Dyw hyn ddim erioed wedi digwydd o'r blaen,' ymddiheurodd wrth Clem a Syr Boblihosan. 'Does gen i ddim syniad beth sydd o'i le ar fy mherfformwyr heddiw.'

Gwyddai Clem yn iawn, ac roedd yn dechrau poethi o dan ei glustiau.

‘Allech chi gamu i’r adwy?’ gofynnodd Arfon. ‘Fel arall, dwi’n ofni bydd pawb yn gofyn am gael eu harian yn ôl.’

Arswydodd Clem. Doedd ganddo ddim profiad o gwbl o berfformio mewn syrcas.

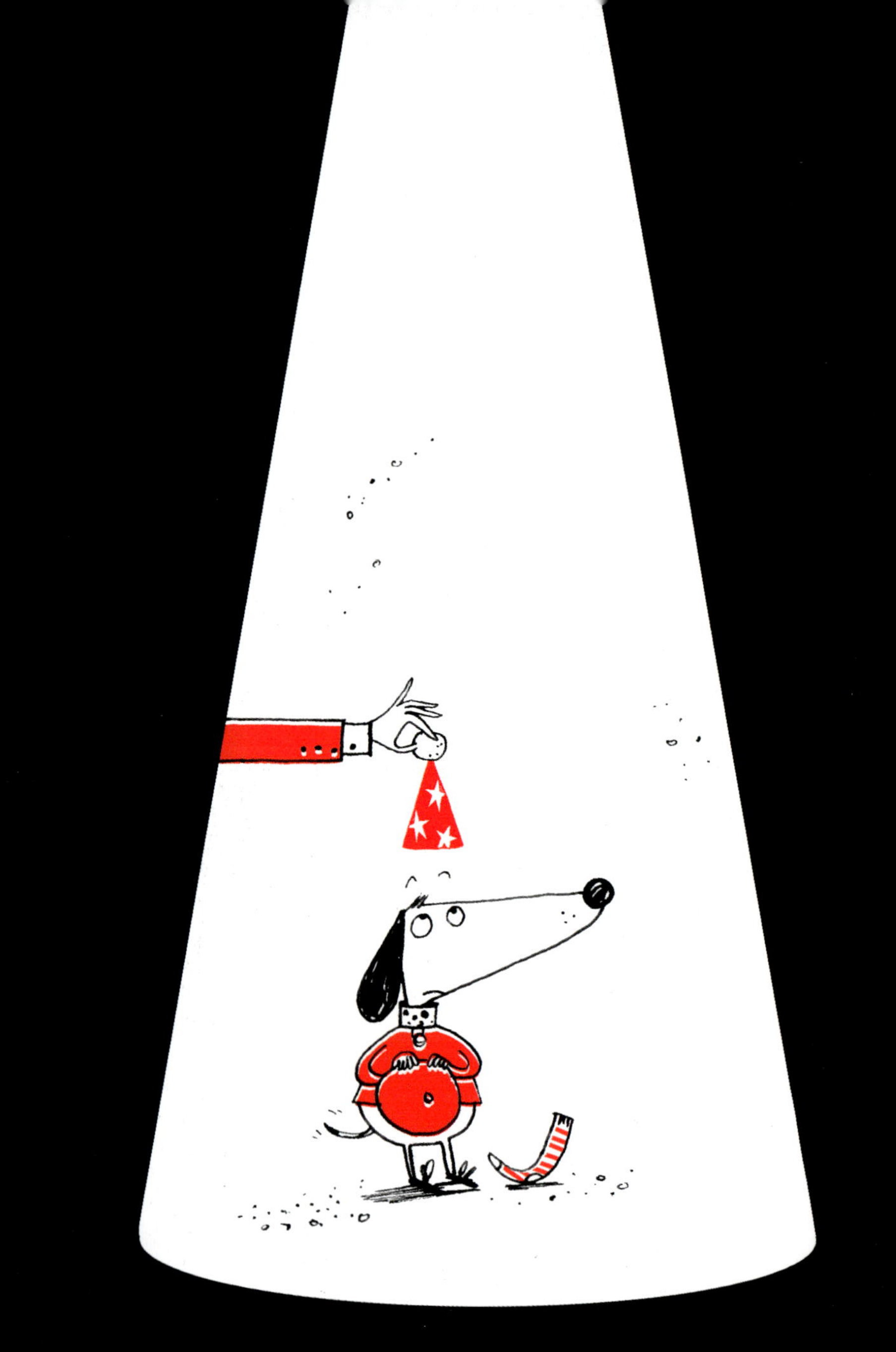

‘Paid â phoeni, byddi di’n wych,’ meddai Arfon. ‘Welais i ti’n jyglo yn y parc gynnau. Hwde, dyma het i ti. A cher â’r un bach ’ma gyda ti – mae e’n ddoniol.’

Ac ar amrantiad, dyna le’r oedd Clem a Syr Boblihosan yn sefyll yng nghanol y cylch.

I ddechrau, doedd Clem ddim yn siŵr beth i'w wneud, felly gwenodd yn gwrtais ac ysgwyd ei gynffon.

'Gwna rywbeth,' hisiodd Arfon, a oedd yn hofran yn nerfus.

Gwenodd Clem eto, yna gwnaeth sawl naid seren a chwyrlïo yn ei unfan.

Roedd y dorf wedi ei phlesio'n fawr.

Cafodd Clem syniad clyfar, a rhwbio sialc ar wadnau ei esgidiau rhag iddynt lithro.

Dringodd i fyny'r ysgol a chamu ar y rhaff dynn. Roedd yn andros o uchel, felly caeodd ei lygaid ac esgus ei fod yn cerdded ar hyd heol gul iawn ar flaenau ei bawennau.

Er mawr syndod iddo, roedd ganddo ddawn at y gamp. Daliodd y rhaff ag un llaw a sefyll arni ar un goes (nid yr un pryd).

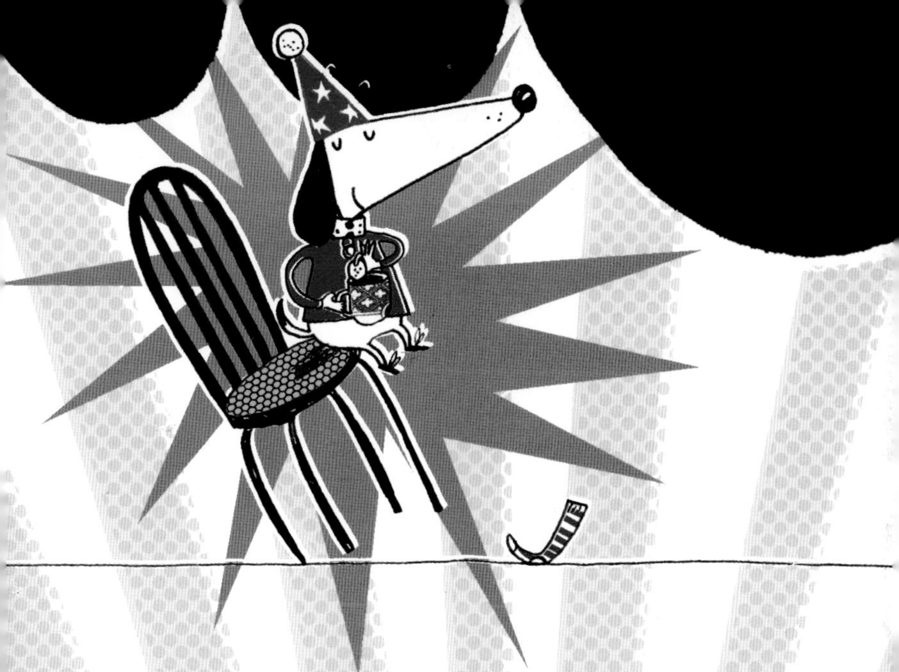

Yna, oherwydd ei fod yn blino, eisteddodd i lawr hanner ffordd ar hyd y rhaff, ac yfed paned o de. Aeth y dorf o'i cho pan ddowciodd ei fisgïen.

Wedyn, dechreuodd Clem a Syr Boblihosan chwarae clowns. Mi sgrialon nhw o gwmpas y cylch mewn car oedd yn rhy fach iddyn nhw, a baglu dros eu traed.

Yna, fe daflon nhw dartennau cwstard ffres at ei gilydd. Roedden nhw mor flasus nes i Clem ddal un yn ei geg a bwyta'r cyfan (yn cynnwys y plât!).

Roedd y dorf yn rholio chwerthin.

I gloi, roedd hi'n bryd gwneud camp y trapîs.

Dringodd Clem a Syr Boblihosan yn ddewr i ben yr ysgolion, estyn am drapîs yr un, cymryd anadl fawr a hedfan allan uwchben y dorf.

Roedden nhw'n ardderchog, ac yn hedfan drwy'r awyr fel dau fwnci mewn coedwig!

Neidiodd pawb ar eu traed a churo dwylo nes bod eu cledrau'n brifo. 'Hwrê!' gwaeddodd y dorf. 'Hwrê, Clem a Syr Boblihosan!'

Roedd Arfon Anhygoel wrth ei fodd. 'Rydych chi'ch dau yn sêr!' bonllefodd, wrth i Clem a Syr Boblihosan foesymgrymu.

‘Fuasech chi’n fodlon ymuno â’r syrcas? Mi fyddwch chi’n fyd-enwog dros nos!’

Meddyliodd Clem am ychydig. Er bod bywyd yn y syrcas yn hwyl, byddai’n gweld eisiau Mr a Mrs Sgidiesgleiniog ormod petai e’n mynd i ffwrdd. Felly, dywedodd diolch yn fawr, roedd e wedi mwynhau mas draw, ond byddai’n well ganddo fynd adref. A beth bynnag, roedd gwir angen gorffwys ar Syr Boblihosan.

Yn sydyn, ebychodd Clem.
Roedd e wedi anghofio'n
llwyr faint o'r gloch oedd hi!

Sut gallai e gyrraedd adref cyn
i Mr a Mrs Sgidiesgleiniog
ddychwelyd o'u gwibdaith?

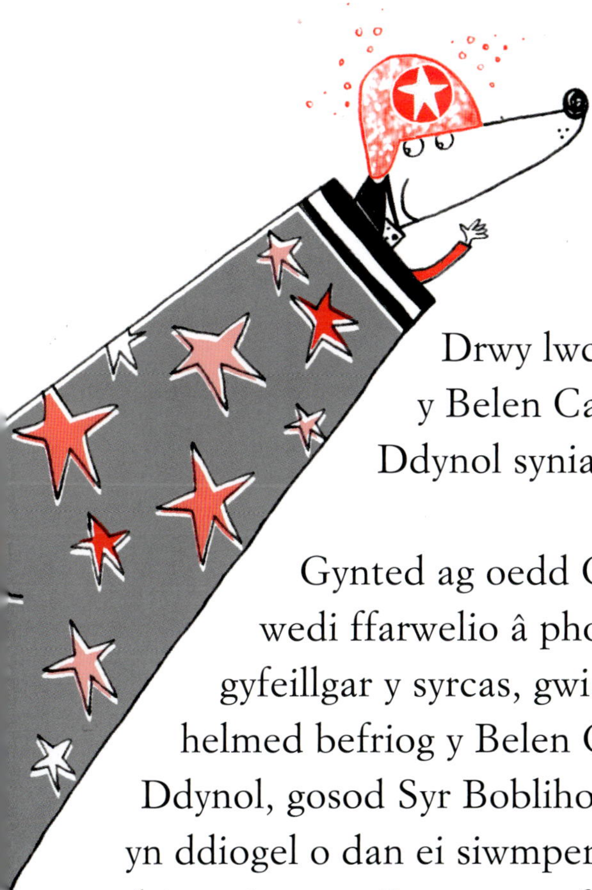

Drwy lwc, cafodd y Belen Canon Ddynol syniad.

Gynted ag oedd Clem wedi ffarwelio â phobl gyfeillgar y syrcas, gwisgodd helmed befriog y Belen Canon Ddynol, gosod Syr Boblihosan yn ddiogel o dan ei siwmper, a dringo i mewn i'r canon anferth.

BWW

M!!!

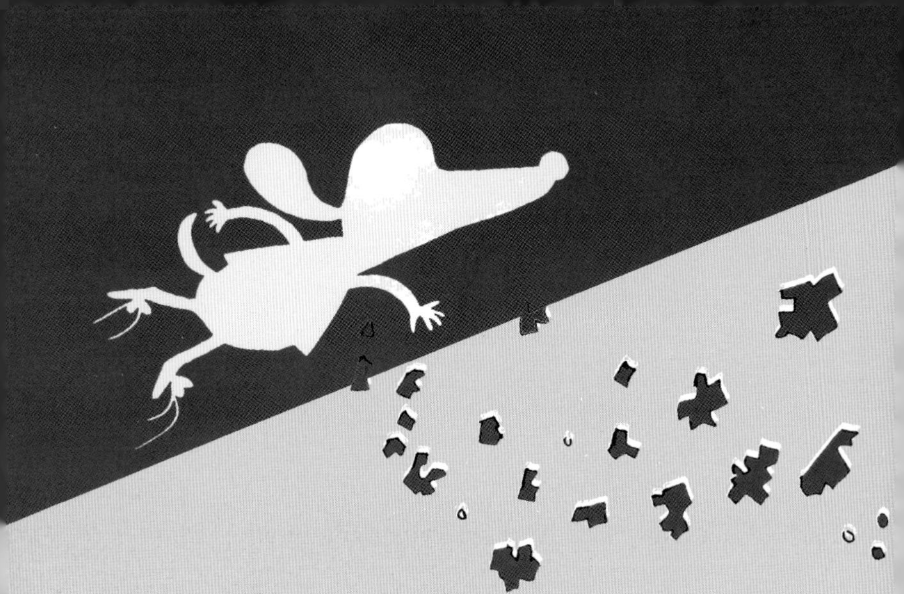

Hedfanodd Clem drwy'r awyr a glanio â CHRASH yn ei wely clyd ar yr union eiliad roedd Mr a Mrs Sgidiesgleiniog yn agor y drws ffrynt.

Cymerodd arno ei fod yn cysgu ar unwaith.

‘Ym … Mrs Sgidiesgleiniog?’ meddai Mr Sgidiesgleiniog, gan edrych ar Clem. ‘Wyt ti’n digwydd gwybod pam bod Clem yn gwisgo helmed befriog a seren arni?’

‘Nac ydw i, cariad!’ meddai ei wraig, gan edrych i fyny. ‘Wyt ti’n gwybod pam bod twll siâp Clem yn y nenfwd?’

Dywedodd Mr Sgidiesgleiniog na wyddai e ddim, wir.

Ond fe wyddai Clem, a thaflodd winc gyfrin at Syr Boblihosan.

Cyfeillion Clem

Clem o'r sgrin fawr

Ci bach ydy Clem ac mae'n gwisgo beret coch a siwmper smart.

Ei ffrind gorau yw Syr Boblihosan ac mae'n eithaf bobli.

Un dydd Mae Clem a Syr boblihosan yn gweld goleuadau camerau a gorila anferthol yn y dre. Dw i'n hoffi'r llyfr yn fawr oherwydd mae llawer o gomedi ynddo.

Gwyn 9 oed

Sut i fod yn glown

1. Paentia dy drwyn yn goch â phaent wynebau.
2. Dywed jôcs gwirion.

Pa fath o gi sy'n rhoi swigod yn y bath?

Siampŵdl!

Beth yw hoff bwdin ceiliogod?

Hufen iâr!

Beth yw hoff fiwsig y dyn hufen iâ?

Loli-pop!

3. Bagla dros dy draed yn aml.

TA-DAA! Rwyt ti nawr yn glown! A chofia gadw llygad am Clem a Syr Boblihosan. Wyddost ti fyth i ble byddan nhw'n mynd nesaf!